C'était ton vœu

© Éditions LUNATIQUE,
10, rue d'Embas, 35500 Vitré
ISBN 978-2-383980-28-5

Céline Didier

C'était ton vœu

Lunatique
2022

À Hippolyte,
mon grand-père

[NB : les citations en italique et entre guillemets sont des extraits des écrits personnels d'Hippolyte Thévenard : son cahier, ses notes, ses lettres]

Et si on l'écrivait cette histoire

Et si on l'écrivait cette histoire
cette histoire tant de fois racontée
tant de fois évoquée
par bribes

Des bribes d'histoire
des bouts
des séquences
des anecdotes

Tellement par bribes
qu'on a du mal à l'écrire cette histoire
à la raconter d'une traite
entière

On n'est plus sûrs
on hésite
on ne sait plus dans quel sens cela s'est passé
on ne sait plus par quel bout la prendre
pour la restituer
au plus juste

On ne sait plus
ce qui est de l'ordre de la réalité
de l'imagination
On se demande si on ne mélange pas tout
il y a des incohérences dans notre récit
ce récit qu'on avait pourtant l'impression de maîtriser

Et si on l'écrivait cette histoire ?!
Et si on remettait tout à plat
pour retrouver le sens de cette histoire
pour retranscrire la vraie histoire
celle qui s'est vraiment passée
celle qu'on n'a pas envie d'oublier
celle qui nous rend si fiers
d'appartenir à cette lignée
une lignée de résistants
d'hommes et de femmes
qui n'acceptent pas tout
qui n'ont pas envie d'accepter l'inacceptable
qui savent que ce qui est train de se passer est injuste
C'est insupportable l'injustice
Non ils n'accepteront pas
Ont-ils conscience à ce moment-là
qu'ils risquent leur vie ?
Qui sait

Ce qui est sûr
c'est qu'ils y vont !
Là où leur conscience les mène
là où ils savent que c'est juste
Et ils n'hésitent pas
Ils y vont !
Advienne que pourra !

Qu'aurait-on fait à leur place ?
Je me suis souvent posé cette question
moi qui ne supporte pas l'injustice
Ce n'est pas une coquetterie de ma part
de ne pas « supporter » l'injustice
comme quelqu'un qui ne « supporterait » pas le lin
et qui préférerait le coton
Non c'est viscéral
je ne supporte pas l'injustice, les injustices
ça me met hors de moi
ça me met la larme à l'œil, comme on dit
Une sacrée larme à l'œil !
C'est plutôt comme des sanglots qu'on garde en nous
on n'en fait jaillir qu'une larme
car on n'assume pas d'avoir envie de chialer
Chialer, oui, littéralement
à pleines larmes

tellement on est dégoûtés, écœurés, tristes
d'observer de telles injustices dans la vie
la vie de tous les jours
Mais on veut faire bonne figure
alors on n'autorise qu'une seule larme
à pointer le bout de son nez au coin de l'œil
comme pour réprimer notre hyperémotivité
car on se sent cons d'avoir envie de pleurer
en plein petit déjeuner
juste en entendant un « fait divers » à la radio
alors qu'on ne connaît pas la personne
qu'on n'est pas directement concernés
mais c'est plus fort que nous, les hypersensibles
ça y est on est pris aux tripes
on vit cette injustice de tout notre être
et c'est impossible, impensable
on a envie de pleurer, de se révolter
Mais on est là devant un bol de thé
et la situation ne s'y prête pas
là, à ce moment-là, on sait qu'on ne peut rien faire
on est impuissants
on ne va pas changer le cours des choses
on ne va pas changer le monde
en mangeant nos tartines
Alors on laisse juste venir cette petite larme

au coin de l'œil
comme si on s'autorisait quand même
à exprimer quelque chose
à montrer qu'on n'est pas d'accord
que c'est injuste
que la vie est parfois dure
un peu trop dure
et souvent avec les mêmes
ceux qui ne le méritent pas

Hippolyte et Simone
je ne sais pas s'ils ont eu la larme à l'œil
en voyant ce qui se passait dans leur pays
dans leurs villages
durant cette guerre
mais ce qui est sûr
c'est qu'ils n'ont pas accepté les bras ballants
cette situation
Ils y sont allés !
Où ?
Là où ils savaient que c'était plus juste
pour eux
pour la société
pour nous
les suivants

les descendants
Ils étaient encore jeunes
mais je suis sûre qu'au fond
ils pensaient déjà à nous
nous, les suivants
nous à qui ils ne pouvaient pas léguer
une telle société
dans laquelle il aurait été impossible de vivre

Alors ils y sont allés !
Défendre leurs idéaux
combattre les absurdités de cette guerre
même si c'était au risque de leur vie
mais le savaient-ils seulement
Bien sûr ils le savaient
que ce n'était pas un jeu
qu'ils la risquaient leur vie
et pourtant il était impossible pour eux
impossible de ne rien faire
impossible de ne pas bouger
impossible de ne pas s'engager
impossible de ne pas lutter
impossible de laisser faire
sans réagir
sans se rebeller

se *rebeller*, étrange ce mot
comme si défendre une vie juste
c'était être rebelle...

Ils y sont allés !
Là où ils savaient qu'ils agiraient pour la bonne cause
là où c'était une évidence
là où Polyte se fera courser
Il a pourtant couru à toute vitesse, paraît-il
pour les semer
pour ne pas se faire attraper
pour ne pas se faire choper
pour ne pas se faire avoir
pour ne pas se faire piéger
pour les mater
et pourtant ils l'ont bien rattrapé
Dénoncé il a été
par un de ceux qui aurait pu choisir
de combattre à ses côtés
Cela aurait pourtant été logique
un gars du coin
ça se bat avec les autres gars du coin !
Qu'est-ce qu'il est allé faire avec l'ennemi celui-là ?
Qu'est-ce qui pousse quelqu'un
à choisir le mauvais camp ?

Le camp du méchant !
Qu'avait-il à y gagner ce gars du coin ?
Ce gars qui connaissait mon grand-père
et qui l'a pourtant trahi
Pourquoi, pour quoi ?
Va savoir ce qui fait prendre de telles décisions à ces cons
ces cons qui font du mal par un simple geste
un geste tout bête
Par un acte d'aucune bravoure
ce con
il a envoyé mon grand-père aux camps !
Et là on ne parle pas de choisir son camp
du camp des gentils
ou du camp des méchants
non les camps dont on parle
ceux où il a envoyé mon grand-père
par seulement quelques mots
les mots de la dénonciation
ceux qui ne demandent pas beaucoup d'effort
il suffit juste de donner une information
à quelqu'un qui saura quoi en faire
par ces quelques mots
donnés au camp des méchants
ce con a envoyé mon grand-père aux camps !
Les camps de concentration !

Je crois bien que ce con
— je n'arrive pas l'appeler autrement
con c'est basique
ça ne me demande pas trop d'effort
à moi non plus
là, maintenant
de l'appeler comme ça
c'est court, c'est efficace
et je crois que ça le résume bien
con
tout simplement —
Eh bien je crois bien me rappeler
qu'il a bien payé sa connerie
ce con
car si j'ai bien tout compris
mais c'est un peu confus
comme si je n'arrivais jamais à me rappeler exactement
ce qu'il lui était arrivé à ce con
peut-être tout simplement
parce qu'en fait sa vie ne m'intéresse pas
il n'en vaut pas la peine
N'empêche que je crois bien que ledit con
s'est fait avoir et qu'il a mal fini
C'est con...

Alors, on l'écrit cette histoire ?!
Elle en vaut la peine
je le sais
on le sait tous
il faut qu'on la mette noir sur blanc
cette histoire
pour qu'elle ne s'efface pas
qu'on ne l'oublie pas
On leur doit bien ça
à Simone et Polyte
à tous les résistants
qui ont risqué leur vie
pour leurs idéaux
leurs valeurs
leurs principes
pour une vie meilleure
pour nous
nous, les suivants, les descendants
Alors, on l'écrit cette histoire ?!

Je me souviens

Ainsi va la vie

Tu es parti
je n'avais pas encore 13 ans
c'était un week-end
au début de l'été
Tu n'es pas juste parti faire un tour
non, tu es parti... parti
pour toujours
Le vrai départ pour je ne sais où
cet endroit où les gens qui meurent partent

Tu es parti
je n'étais pas là
j'étais à plusieurs centaines de kilomètres
en train de remporter avec toute mon équipe de gym
notre première médaille aux championnats de France
Je me revois rentrer de cette compétition
après un long trajet en car
fatiguée mais contente
contente de rapporter cette médaille
et contente de retrouver mon lit pour un repos bien mérité
Mais en rentrant ce jour-là
à peine j'ai eu franchi le pas de la porte

j'ai su
j'ai su qu'était arrivé
ce que je redoutais depuis quelques jours
ce que je n'osais même pas imaginer
depuis que j'avais appris que tu étais hospitalisé
toi mon « pépé » que j'aimais tant
toi qui avais survécu à des trucs bien plus graves
tu n'allais pas te laisser emporter
tu n'allais pas nous quitter…

Et pourtant si
ce week-end-là
tu es parti
ce sont les mots de ma grand-mère
ta femme
quand elle est venue s'asseoir au bord de mon lit
« pépé est parti »

C'est fini, c'est ainsi
Ainsi va la vie
C'est ce qui se dit
Mais moi là
j'ai 12 ½ ans
et je n'ai pas du tout envie
que ce soit déjà fini

Le petit ruban rouge sur ta boutonnière

Petite
j'étais intriguée
par ce petit ruban rouge
accroché à la boutonnière de ta veste
comme un petit effet de style
comme une petite fantaisie assumée
comme un petit brin de folie apporté à un costume
je trouvais ça joli
Joli...
que cet adjectif me paraît plat, naïf, aujourd'hui
j'étais bien loin de me douter
ce que ce petit ruban rouge
qui faisait la particularité de tes vestes
pouvait représenter, symboliser...
La Légion d'honneur !
Ce n'est que plus tard
que ces mots sont venus
accompagner, expliquer
ce petit ruban rouge
cet insigne
que tu arborais avec fierté et discrétion
Chevalier de la Légion d'honneur

parce que tu avais « fait » la guerre ?
Pas tout à fait
Ce ruban
ce tout petit bout de ruban rouge
signifiait quelque chose de *plus*
si on peut parler ainsi
car qui dit *plus* dit *moins*
ce serait comme marquer une hiérarchie
une graduation de valeurs
et je ne crois pas qu'on peut quantifier
l'implication de quelqu'un pendant une guerre
je ne pense pas que tu le voyais ainsi
que tu avais fait *plu*s que d'autres
ce n'était pas ton genre
tu avais cette modestie
mais ce qui est sûr
c'est que tu t'étais impliqué
Impliqué
alors que d'autres n'avaient pas pu ou pas voulu le faire
Tu t'étais engagé
car tu voulais résister
et tu as été déporté
ça te marquera à tout jamais
C'est pour ça
qu'on t'avait remis ce petit ruban rouge

Tu as même eu une médaille !
Une médaille avec un bien plus gros ruban
mais je crois que je lui préfère l'insigne
plus discret
plus délicat
moins ostentatoire
ce petit ruban rouge
sur la boutonnière de ta veste
cette distinction
... l'ordre de la Légion d'honneur
pour les déportés et internés résistants

Une suite de chiffres

Tu ne nous as pas raconté beaucoup de choses
sur ton quotidien de déporté
Tu m'étonnes !
Comment peut-on « raconter » à des enfants
à ses petits-enfants si contents d'être là
en vacances chez leurs grands-parents
si insouciants
si souriants
si heureux ici avec toi et Simone
à la campagne
libres comme l'air
qui vivent les vrais bonheurs simples de la vie
ici à Talipiat
Comment veux-tu trouver le bon moment
pour leur « raconter »
l'horreur des camps
Tu as envie de profiter toi aussi
de tous ces bons moments en famille
Mais il y a quand même des choses
que tu as réussi à nous dire
je ne sais pas comment cela arrivait sur le tapis
mais tu as réussi à nous dire des choses

des choses qui marquent
des choses qui retiennent l'attention d'un enfant
comme cette histoire de chiffres

Tu n'avais plus d'identité
quand tu étais déporté
ton nom initialement composé de lettres
avait été transformé
en un matricule
une simple succession de chiffres
Quand tu arrives à Dachau
tu n'es plus ici qu'une suite de chiffres
des chiffres que tu as dû apprendre par cœur
et vite ! Pas le temps de réviser ici
C'est une histoire de vie ou de mort
et là on ne joue pas avec les mots
Tu dois les apprendre *tes* chiffres
pas les apprendre dans ta langue
ce serait trop simple
les apprendre dans une langue étrangère
tellement loin de la tienne
la langue de l'autre
la langue de celui qui te tient enfermé et qui te terrorise
C'est donc en allemand
Jawohl !

qu'il a fallu les apprendre
et les mémoriser !
Il faut les retenir
car ceux qui s'en servent de ces chiffres
pour t'appeler toi et les autres détenus
ils n'ont pas du tout envie de les répéter
et quand ils doivent se répéter
si personne ne réagit à l'appel
c'est jamais bon signe pour celui
qui ne les a pas reconnus tout de suite
ses chiffres
qui pourtant sont devenus sa nouvelle identité

Ici tu n'es réduit qu'à une suite de chiffres
autant t'en rappeler
Difficile d'oublier tu vas me dire
car ces chiffres sont comme gravés dans le marbre
tellement gravés
que même moi enfant
il me semble bien les avoir aperçus
ces chiffres
ou ce qu'il en restait
sur ton bras
il me semble me souvenir
de cette marque sur ton bras

mais je ne sais plus exactement
si c'était vraiment ça
c'est confus
j'ai peut-être confondu
avec ce que j'ai entendu
ce qui est sûr
c'est que dans les camps
les déportés
n'avaient plus de noms
ils étaient réduits
à une série de chiffres
un matricule
qu'on leur cousait
sur leur vêtement
ou pire
qu'on leur écrivait sur le bras
pas juste au stylo bille
comme on le fait pour rigoler
pas juste sur la peau
ça aurait pu s'effacer
non quelqu'un leur injectait de l'encre
sous la peau
on les tatouait
Une série de chiffres tatouée
comme on le fait pour le bétail

et un tatouage ça ne s'enlève pas comme ça
tu le gardes toute ta vie
Toute leur vie
même une fois revenus de l'enfer
ils ont été obligés de porter sur eux
cette p… de série de chiffres

Ton cahier
Souvenirs

La date manquante

En lisant ton cahier *Souvenirs*
je m'aperçois que ces feuillets
ne sont pas datés
On y trouve certes
beaucoup de dates
des dates
que tu donnes
pour te souvenir
pour que se souviennent
ceux qui liront ces pages
un jour
qu'ils puissent te suivre
qu'ils puissent savoir
ce qui s'est passé
qu'ils puissent reconstituer
l'histoire
ton histoire
celle qui marquera à tout jamais
ton passage dans la vie d'adulte
une période qui aura
une tout autre saveur
que celle que tu imaginais

quand à peine quelques jours après tes 18 ans
tu décides de prendre ta vie en main
de faire des choix
pour toi
pour vivre une autre vie
que celle d'ouvrier agricole

À 18 ans
tu te donnes les moyens
de démarrer une nouvelle vie
choisie et assumée
qui s'annonce
pleine de découvertes
Tu t'engages
pour intégrer
un régiment de zouaves
au Maroc
à Casablanca
Une nouvelle vie s'offre à toi
tu découvres
un autre pays
un autre climat
et malgré les conditions difficiles
de ces longues marches à pied
chargés comme des mulets

sous une chaleur étouffante
tu t'émerveilles
de ces beaux paysages
« inoubliables »
Mais cette nouvelle vie
prend soudainement
un tout autre tournant
qui fait déjà froid dans le dos
à la simple lecture de tes mots
*« C'est à l'âge de 18 ans
que commence pour moi
une vie mouvementée
et non exempte de souffrance »*

Dans ton *« petit cahier »*
comme tu le nommes
tu as voulu
raconter
ces souvenirs
tes souvenirs
des sept années
de ta vie
entre 1938 et 1945
où tout a basculé
laissant bien loin

ta vie d'enfant et d'adolescent
que tu qualifiais toi-même
de *« simple*
et sans histoires »

Tu n'as pas daté ce cahier
et ça m'intrigue beaucoup
À quel moment
as-tu ressenti ce besoin d'écrire
de laisser une trace ?
Est-ce tout de suite au retour des camps ?
Ou bien plus tard
une fois que tu as pu « digérer »
ce qui t'était arrivé ?
L'as-tu avant tout écrit pour toi
pour ne pas tout garder en toi
pour tenter d'évacuer tout ça
en mettant les choses noir sur blanc
pour t'enlever un poids
pour te désencombrer
un peu ?
À qui pensais-tu en écrivant ces pages ?
Pour qui rassemblais-tu tes souvenirs ?
As-tu écrit ce cahier
pour que tes filles sachent

un jour
ce que leur père n'avait pas pu leur raconter
en tout cas dans le détail
tellement ces années étaient
difficilement
racontables ?
Parce qu'une certaine pudeur
t'empêchait de leur dire
ce que tu avais été amené à vivre
cette descente en enfer
qui s'accéléra
alors même que, quelques jours plus tôt
les alliés débarquaient
et que vous, résistants
vous entrevoyiez enfin le bout du tunnel
vous sentiez déjà des airs de victoire
même s'il fallait s'attendre à se battre
vous étiez prêts
« gonflés à bloc »
vous mettiez les bouchées doubles
pour former une ligne de défense
et c'est à ce moment-là que
« tu tombes en plein dans le piège »
Cette phrase
je la perçois

comme
une petite voix
la petite voix du sage
la petite voix de celui qui sait
et qui voudrait nous rappeler
de faire attention
de ne jamais baisser la garde...

Tu n'as pas daté ce cahier
C'est d'autant plus étonnant
que ce cahier
tu ne l'as pas écrit
sur le coin d'une table
à la va-vite
comme un simple pense-bête
pour ne pas oublier
Non ce cahier
tu lui as accordé
beaucoup d'attention
Ce cahier
que tu as intitulé *Souvenirs*
est très soigné
tu t'es appliqué
ton écriture manuscrite est très belle
par ces lignes

et la forme des lettres
leur finesse
leur inclinaison
ton geste nous apparaît
et on ressent l'effort fait
pour obtenir ce rendu clair, propre
il y a presque un côté scolaire
des lignes d'écriture
à l'ancienne
très respectueuses
du cadre de ces pages
avec l'utilisation des marges
pour les annotations
les repères temporels

Tu n'as pas daté ce cahier
C'est d'autant plus étonnant
que ce cahier
tu l'as même signé
Quand on signe...
on date ?!
Tu l'as même parfaitement structuré
comme un livre
avec le nom de l'auteur
son adresse

le titre
et même
une préface !
Tu n'as pas écrit le mot
mais tu en as bien rédigé une
de préface
ou d'avant-propos
peu importe le terme employé
tu as introduit ton ouvrage
tu as voulu contextualiser
comme un besoin
d'expliquer
pourquoi
ce jour-là
tu as pris la plume
Ce jour-là
lequel ?
On ne sait pas

Tu n'as pas daté ce cahier
C'est d'autant plus étonnant
que ce cahier
tu l'as abordé de façon chronologique
tu as accordé
une grande importance aux dates

à l'enchaînement des faits
tu l'as même commencé
en donnant ta date de naissance
le 27 septembre 1920
comme pour nous donner
des indices
des repères
qui nous permettent
tout au long de ton cahier
de se situer
dans le temps
de te situer
dans cette histoire
quasi romanesque
si ce n'est cauchemardesque

Tu n'as pas daté ce cahier
Quelle importance ?
me dira-t-on
Et moi de répondre
Juste une intuition
qu'elle a forcément
du sens cette question
qui me taraude
et m'entête

Nommer sans nommer

Dans ton cahier *Souvenirs*
ton écriture est fluide
agréable à lire
elle est aussi précise, factuelle
tu expliques les événements
tu donnes des détails
et
tu mentionnes des gens
des compatriotes
des camarades
des personnalités
mais aussi
des traîtres
des villageois devenus miliciens
mais tous ces gens
tu ne fais que les mentionner
sans jamais vraiment
les nommer
ou du moins
pas complètement

Dévoiler le prénom et le nom
d'une personne
ne laisserait aucun doute
sur son identité
mais ça
tu ne le fais jamais
dans ce cahier
C'est comme s'il
t'était impossible
de l'écrire noir sur blanc
comme si tu te méfiais encore
comme si tu devais tenir secret
comme si tu ne voulais pas être celui
qui donne des noms
qui dénonce
comme si nommer une personne
revenait à la trahir
comme si révéler son identité exacte
revenait à la mettre en danger

Quand tu mentionnes quelqu'un
tu te contentes donc
de ses initiales
ou uniquement de son prénom
de son surnom

ou de son nom de famille précédé
de la simple abréviation M.
laissant ainsi à ceux qui te liront
le soin de supposer de qui tu parles
sans en être tout à fait sûrs

Même celui que tu connais très bien
qui fut même un de tes anciens collègues
celui qui passé du côté du camp des miliciens
te voyant t'enfuir
à travers les champs
te tira dessus
sans aucun état d'âme

Même lui
que tu pensais rassurer
en lui disant
que tout était ok
que tu te rendais
que tu n'avais pas été touché

Même lui
qui aurait dû être soulagé
de ne pas avoir tué
celui qui s'avère être son ancien collègue

et qui pourtant te voyant à terre
encore en vie
te dira
ces mots tu ne les oublieras jamais
il te les dira
les yeux dans les yeux :
« *Nous n'avons pourtant pas tiré*
pour te manquer
espèce de salopard »

Même lui
lui
le vrai salopard
tu ne donnes pas son nom complet
dans ton cahier
tu lui accordes encore un peu d'anonymat
tu l'épargnes
malgré ce qu'il t'a fait
Tu ne te rabaisses pas à sa bassesse
tu sais trop bien ce que peut signifier
une dénonciation
tu ne souhaites ça à personne
même à ton pire ennemi

Lui
il s'appelait
Eugène B.
Tu n'en diras pas plus

Jour pour jour

29 juin 1944
après plusieurs jours à la prison Saint-Paul à Lyon
vous êtes
toi et les centaines de résistants enfermés ici
remis aux mains des SS
« chargés dans des cars
à une vitesse record
emmenés à la gare Perrache
Voie de garage
embarqués
Cela fut fait en un temps de compétition
Vers midi le convoi s'ébranla
et le voyage se termina
le 2 juillet au matin
en Allemagne
au camp de Dachau
le trajet s'est effectué sans boire et sans manger
Des milliers de personnes se trouvaient déjà dans ce camp »

Ton cahier s'arrête là
Pas une ligne de plus
Impossible de raconter la suite

de l'écrire
de noircir des pages
avec toutes les horreurs
que tu as vues
entendues
senties
vécues
durant plus de dix mois
dix longs mois
passés à frôler quotidiennement la mort
à résister
et à tenir

45 ans plus tard
jour pour jour
le 2 juillet
de l'année 1989
tu t'éteins

Les dates, les faits comme des repères biographiques et historiques

Suivre le fil de ton histoire
à travers les repères chronologiques
les faits marquants
que tu livres dans ton cahier

1920
   ▫ **27 septembre**
   Naissance à Corgenon (Buellas)

1920-1936
   Enfance et adolescence
   « sans histoires »
   École
   Travail
   Domestique agricole

1936-1938
   Ceyzériat
   Soutien à la famille
   jardinier, fermier
   avec son père

Rôle d'aîné de la fratrie
quatre frères
à élever

1938
- **22 septembre** : 18 ans
Décision de s'engager
Consentement des parents
- **5 octobre**
Engagement signé
- **15 octobre**
Arrivée à Casablanca
Régiment de zouaves

1939
Toujours au Maroc
Stage dans l'Atlas
dur mais intéressant
Paysages inoubliables
Fez, Sefrou, El Hajeb, Mecknes, Ito, Ifrane…
- **Octobre**
Déclaration de guerre
Retour en urgence
en France
pour tous les zouaves

Trajet interminable
en train
puis en bateau
par une mer démontée
Arrivée en France
Températures très hivernales
difficilement supportables
gros contraste
avec les fortes chaleurs
des mois précédents
8 jours dans le Cher
8 jours dans le Loiret
tout l'hiver à la frontière belge

1940
  ▫ **Mars**
Direction l'Est
Avant-postes
devant Sarrebruck
  ▫ **Mai 1940**
Attaque générale
Perte de 52 % de la division
Repli sur Reims
  ▫ **11 juin 1940**
Abandonnés par leur capitaine

encerclés et faits prisonniers
Longue route difficile
à pied jusqu'en Allemagne

1941
- **Juin 1940-juillet 1941**

Travailleur prisonnier en Allemagne
dans les fermes
sur les routes
en usine
- **21 juillet 1941**

Bonne nouvelle
retour en France
comme soutien de famille
Retrouvailles joyeuses avec la famille
Amadoué par la Légion des anciens combattants
Adhésion
rassuré par la présence d'anciens de 1914-1918
Désenchantement rapide
tendance de l'amicale à se « pétainiser »
Sommé de dénoncer des connaissances
esquive
prévient ses camarades
Refuse d'entrer au service d'ordre de la Légion
devient suspect

1942

Anniversaire de la Légion
à Clermont-Ferrand
Désigné pour y aller
pas envie mais obligé
Honte d'assister à cette fête
de voir de vraies agapes
en temps de disette
et...
scandalisé de voir tous ces fêtards
ces Français
arborer les symboles allemands
jusqu'au signe bras tendu
Retour à Ceyzériat
Brûle son insigne et met fin à son adhésion à la Légion
Rejoint ses amis, les résistants

1943

▫ **Mars**
Convocation du conseil de révision pour le STO
ancien prisonnier donc pas retenu
▫ **23 mars**
Convocation reçue par trois de ses camarades
pour partir travailler dans le pays ennemi
Concocte avec Lucien un plan secret

construction d'une baraque dans leur petite montagne
pour cacher leurs trois amis
et leur éviter le départ en Allemagne
Ravitaillement régulier non sans risque à la cachette
Climat tendu
structuration de plus en plus importante
de la milice locale
Envoi d'un petit cercueil, avec l'aide de Simone
à deux villageois traîtres
engagés du côté des Waffen SS
Se font prendre
Soulagement
enquête menée par de « vrais » Français
qui soldent l'affaire
comme une querelle de village
Furie des miliciens

1943-1944

Quotidien de résistant
dans les collines
Organisation de la Résistance
en groupes et sous-groupes
dirige un groupe franc (six personnes)
Suivent les ordres reçus de Londres et d'Alger
pour gêner le plus possible les Allemands

font sauter des voies
Reçoivent ravitaillement, munitions, tracts, radios
envoyés par les avions alliés
reçoivent des armements
dont une mitraillette Sten (pour lui celle-là !)

◦ 6 juin
Arrivée des troupes alliées sur le sol français
Immense joie dans les montagnes, villes et campagnes
Ordre de prendre le maquis
de former une ligne de défense
sur toute la première chaîne du Revermont
Envie de se battre
Multiplication des actes de résistance
barrages, sabotages, etc.
Aucun coup de feu pendant 15 jours
Visite de « Robespierre »
tactique de guerre à suivre
changer régulièrement d'emplacement
ne jamais rester au même endroit

◦ 20 juin
Missionné
pour vérifier l'état de leur dernier emplacement
et pour veiller à ne laisser aucune trace
de leur occupation des lieux
Au retour passage devant l'église

messe donnée pour sa grand-mère
y assiste puis crochet chez ses parents
pour donner des nouvelles
et récupérer du ravitaillement et surtout
du tabac
Prévenu en coup de vent par un voisin
de l'invasion soudaine de miliciens dans tout le village
File en courant à l'arrière du jardin de son père
pour prévenir ses camarades
se fait piéger à cet instant
se fait tirer dessus
se fait arrêter
Direction la mairie
avec d'autres villageois arrêtés
Puis direction Hôtel de France à Bourg
Fouille
Séparé de ses camarades
Envoyé Hôtel de l'Europe
dans les caves
« réservées » aux maquisards
Interrogatoire musclé pendant plus de 3 heures
par un chef de la milice
Ne cède pas
tente de brouiller les pistes
Découvre que la milice sait déjà beaucoup de choses

sur leurs activités de résistants
- **24 juin**

Transféré dans un car à Lyon

Dépôt de Saint-Jean
- **25 juin**

Prison Saint-Paul

où il retrouve des amis du maquis
- **27 juin**

Écrit une lettre à sa famille

Attend de passer devant ceux

qui doivent juger et décider de son sort

Rassure sa famille

Demande qu'on lui envoie

sa carte d'alimentation, des biscuits et du tabac

S'inquiète beaucoup pour Simone
- **29 juin**

Branle-bas de combat dans la prison

Évacuation très rapide des prisonniers

avec leurs baluchons

direction la sortie...

« Minute inoubliable !

Devant le portail

des SS

oui des boches,

nous étions 800 et quelques résistants français

livrés à l'ennemi
par la police
soi-disant française »
Chargés dans des cars
direction Perrache
Entassés dans un train
direction l'Allemagne
▫ **2 juillet**
Arrivée du convoi dans le camp de Dachau

Sur la couverture

Quand j'ai commencé à me replonger
dans tes *Souvenirs*
j'ai lu des copies
des photocopies
des pages intérieures
de ton cahier
que ma mère m'a envoyées
par courrier
comme si ces pages manuscrites
étaient des lettres qui m'étaient destinées
comme une correspondance
comme des confidences

Intriguée par cette histoire
de date manquante
j'ai voulu en savoir plus
sur l'original
le « vrai » cahier
celui où les pages sont cousues entre elles
celui qui a une couverture
celui que détient ta fille, ma mère
et qu'elle s'empresse alors de me décrire

là en direct au téléphone
elle l'a en main
et rien
aucune date sur la couverture non plus
Rien d'autre à signaler ?
Non pas vraiment
c'est un cahier tout simple
qui n'a rien de particulier
qui s'apparente à un cahier d'écolier

Quelle surprise
en découvrant cette couverture
apparemment sans grand intérêt
en ouvrant cette pièce jointe
sur mon ordinateur
ayant réclamé la photo
pour la voir quand même
de mes propres yeux
avec cette intuition
que quelque chose était en train de m'échapper
un détail sur cette couverture
qui pourrait avoir son importance
qui pourrait être digne d'intérêt

Je m'attendais à une couverture
bleue ou verte
va savoir pourquoi
assez classique
avec peut-être une ou deux lignes
plus ou moins épaisses
pour dynamiser un peu l'ensemble
et peut-être même avec un emplacement réservé
un petit encadré avec fond blanc
faisant office d'étiquette à remplir
comme on le voit souvent
sur les cahiers d'écolier
mais pas une seconde
j'aurais pu imaginer
une couverture comme celle
qui apparaît là sur mon écran

Une couverture rose
un rose un peu délavé
avec une illustration
qui attire toute l'attention
qui prend toute la place
je suis littéralement happée
par ce visuel
peu banal

je suis
comme qui dirait
scotchée !

Au beau milieu de la couverture
se dresse un monument
et juste en-dessous
des grosses lettres
dans une belle typo
pour souligner
mettre en valeur
encadrer cet édifice
et donner son nom
Le Minaret

Il ne devait pas y en avoir
beaucoup à l'époque
des cahiers d'école
avec des minarets
en couverture
un beau minaret fin
sur toute la hauteur
et bien centré
une couverture de cahier
digne d'un carnet de voyage

Ce cahier avec ce minaret
tu ne l'as sûrement pas choisi par hasard
il illustre tellement déjà ton histoire
et ton attachement
à l'architecture et aux paysages
que tu as découverts et tant appréciés au Maroc
tu l'as peut-être même rapporté de là-bas
qui sait

Sur cette couverture
bien moins sans intérêt
qu'elle n'y paraît
tu y as écrit
ton prénom et ton nom
en petit tout en haut
comme pour ne pas gâcher
cette jolie couverture illustrée
tu les as bien centrés
comme pour ne pas casser
la mise en page imposée
par ce minaret vertical
posé là bien au centre

Sur cette couverture
tu y as inscrit aussi

tout en bas
toujours en petit
toujours bien centrés
juste sous le minaret
deux mots
deux mots simples
deux mots courants
deux mots qui côte à côte
paraissent même redondants
deux mots qui côte à côte
reliés par ce « et »
prennent alors un sacré poids
ils deviennent
lourds de sens

Non ce n'est pas le mot *Souvenirs*
le titre
comme à l'intérieur
en première page
ni la période concernée
non tu as écrit deux mots
deux mots qui font le même effet
qu'un cadenas
sur un journal intime
« Personnel et privé »

18 ans et 1 mois

Tu as 18 ans et 1 mois
quand tu pars de chez toi
quand tu décides de partir à l'étranger

J'ai 18 ans et 1 mois
quand je pars de chez moi
quand je décide de partir à l'étranger

Tous les deux
avec cette même envie
d'autre chose
sans vraiment savoir quoi
juste une envie irrépressible
de partir à la découverte
d'autres environnements
d'autres paysages
d'autres personnes
d'autres cultures
un tel enthousiasme
pour cet ailleurs
que nous avons dû être
naturellement

chacun son tour
assez convaincants
pour obtenir
immédiatement
le consentement
de nos parents respectifs

Je ne peux pas dire
que j'ai suivi ton chemin
que j'ai voulu faire comme toi
À cette époque
je ne savais pas grand-chose
de toi
ou plutôt de tes années de jeunesse
tu étais mon grand-père que j'adorais
tu avais vécu, jeune, des choses pas faciles
tu avais été dans la Résistance
tu avais dû faire preuve de courage
tu avais survécu aux camps de la mort
et tu étais mort, bien plus tard, mais trop tôt
j'étais convaincue que
ton corps n'avait alors pas pu se battre
comme il faut contre cette maladie soudaine
parce qu'il avait été trop endommagé
ce corps

trop abîmé
ce corps
trop épuisé par ces longs mois d'endurance
à puiser dans toutes tes ressources
pour survivre
à ces conditions extrêmes
celles des camps de concentration

Je ne peux pas dire
que j'ai suivi ton chemin
que j'ai voulu faire comme toi
s'autoriser à partir
à 18 ans
C'est seulement aujourd'hui
en replongeant dans ton histoire
et en tombant sur toutes ces dates
en fouillant aussi dans mes souvenirs
que cette coïncidence
me saute aux yeux
Un simple hasard
encore un
Quand ces petits signes
surgissent
sans crier gare
ça donne des frissons

ça devient
comme une évidence
comme un petit clin d'œil de la vie

Toi
c'est le Maroc
que tu avais choisi
et c'est bien là
que tu as atterri
Dépaysement complet
plus court que ce que tu aurais voulu
plus dur que ce tu avais imaginé
mais tellement enrichissant

Moi
c'est l'Australie
que j'avais choisie
mais hasard de calendrier
coup du destin
c'est en Allemagne
que j'ai atterri
Le seul dans la famille
à être déjà parti
en Allemagne
c'était toi

pas par choix
et pour une expérience
bien plus sombre
que celle que je m'apprêtais à vivre
J'aurais d'ailleurs pu censurer
l'Allemagne
rayer spontanément ce pays
de ma liste de destinations
surtout pour un voyage
de jeunesse
c'est ça qu'on dit
les voyages forment la jeunesse !
Bizarrement ça ne m'a pas freinée
savoir que ce pays avait été celui
de la pire année de ta vie
J'avais déjà sûrement compris
qu'on ne peut pas punir
tenir pour responsables
des populations
des générations
les nouvelles générations
pour ce qu'elles-mêmes avaient dû subir
et subissaient encore

J'y étais déjà venue
en voyage scolaire
et j'étais fascinée
par les événements de 1989
cette chute du Mur
là juste à côté de chez nous
ça me paraissait surréaliste
cette histoire de mur
infranchissable
dans ce pays
là juste à côté de chez nous
J'ai toujours été émue aux larmes
en voyant
et en revoyant
toutes ces images
de ce moment historique
toutes ces séquences vidéo
où on voit ces bouts de mur tomber
s'écrouler
sous les coups de pioches et de marteaux
où on voit tous ces hommes
toutes ces femmes
escalader ce mur
des deux côtés
Est-Ouest

ça ne compte plus désormais
de quel côté on vient
les garde-frontières n'y pouvant plus rien
les sourires, les cris, les larmes
les klaxons, la foule
une foule rassemblée au pied de ce mur
des gens qui se retrouvent
s'embrassent
s'étreignent
des retrouvailles d'un peuple
séparé par un mur
planté là
comme une simple répartition
d'un butin de guerre
Une guerre
que même la plupart des Allemands
n'avaient pas voulue
je le savais bien sûr
que tous les Allemands n'étaient pas
en phase avec l'idéologie nazie
que tous les Boches
ne méritaient pas ce surnom
Je le savais
mais je crois
que je l'ai vraiment compris

ce jour où
le grand-père
de la famille allemande
qui m'accueillait
s'est confié à moi
à moi, la petite Française
venue séjourner dans son pays
vivre comme une petite Allemande
à moi, la petite nouvelle
qu'il connaissait à peine
mais qu'il avait vite adoptée
comme un membre de sa famille

Je me souviens très bien de ce moment
nous étions juste tous les deux
ça n'arrivait jamais
mais là ce matin
nous n'étions plus que tous les deux
à cette table
après un bon gros Frühstück
— nous étions en Bavière
pour un peu de tourisme
en « famille » —
il avait les yeux dans le vide
et il s'est mis à me parler

de ce qu'il avait enduré
pendant la guerre
il était très ému
ça m'avait impressionnée
car c'était un très grand bonhomme
une masse très imposante
avec de grands yeux bleus
des yeux
très embués
ce matin-là
En quelques instants seulement
ce grand costaud
avait laissé transparaître toute sa fragilité
il essayait de me donner sa version
de l'histoire
de son histoire
à lui
de la guerre
comme il l'avait vécue
lui
jeune Allemand
qui avait été obligé de faire la guerre
de combattre
dans les troupes allemandes
bien sûr

mais lui
il ne la voulait pas cette guerre
il ne voulait pas risquer sa vie
pour des idéaux
qui n'étaient pas les siens
il ne voulait pas combattre
il ne voulait pas vivre ça
il ne voulait pas de tout ça
il ne s'y retrouvait pas
il ne voulait pas être amené
à devoir peut-être tuer
il avait eu peur
il n'était pas « armé » pour vivre ça
il avait cru ne jamais revenir
de cet hiver aux frontières russes
devoir être là-bas
à des milliers de kilomètres
de chez lui
loin de sa famille
frigorifié
à suivre des ordres
bêtement
à attendre
bêtement
le pire

Ce petit moment d'intimité
partagé avec ce grand-père allemand
comme un moment suspendu
où il se dit peu de choses
mais où ces quelques mots
ces silences
ces regards
en disent bien plus long
que tous les cours
d'histoire
de philosophie
de sociologie
ou de géopolitique
ça remet les choses à leur place
ça dit tout...
de l'absurdité
d'une guerre

Je repars
d'Allemagne
comme prévu
en juin 1995
remplie
de souvenirs
de leçons de vie

et avec encore plus d'envies
de voyages
et de découvertes
Je reviens grandie

50 ans plus tôt
c'était une tout autre histoire
En mai 1945
tu quittes
enfin
l'Allemagne
ce n'était pas prévu
ça devenait inattendu
mais tellement bienvenu
tu reviens
cassé, usé, dégoûté
affaibli, amaigri
mais en vie
Tu t'en es sorti

Une histoire ensevelie

Résistant durant la Seconde Guerre mondiale
cette mention
cette étiquette
impressionne
on pense tout de suite
à Jean Moulin
à Lucie Aubrac
à toutes ces personnalités
héroïques
devenues des personnalités
historiques
dont on a souvent entendu parler
et encore plus
quand on vit à Lyon
à deux pas du Musée de la Résistance
plus précisément nommé le CHRD
Centre d'Histoire de la Résistance
et de la Déportation
qu'on est inscrit en fac d'histoire
et qu'on a des grands-parents
qui eux aussi ont été
des résistants

Je ne peux cacher
une certaine fierté
que mes grands-parents
aient fait partie de ce clan
qu'ils aient choisi le bon côté
quel soulagement
j'aurais pu être dans une famille
où le passé des aïeuls
ayant penché du « mauvais » côté
est souvent dur à assumer
trop lourd à porter pour les descendants
non pour moi c'est facile
je peux lever ma pancarte
« petite-fille de résistants »
et voilà l'affaire est classée
moi aussi je suis
par héritage
du bon côté

Mais plus tard
bien plus tard
à l'âge adulte
je l'avoue
j'ai parfois douté
je me suis demandé

si je ne les avais pas mis sur un piédestal
si en petite-fille
en adoration devant ses grands-parents
je n'avais pas un peu « héroïsé » leurs actes
avec les quelques éléments glanés
ici ou là
j'ai parfois été en panne d'arguments
pour expliquer précisément
quels résistants mes grands-parents avaient été
pour reconstituer l'histoire exacte
laissant alors planer
cette satanée question de la légitimité
toujours là celle-là
comme s'il fallait toujours justifier
avoir une certification
de personnes qui seraient en droit
de juger
de valider
d'approuver
de légitimer
Qu'avaient-ils *vraiment* fait ?
Je manquais de détails
Méritaient-ils *vraiment* cette étiquette
de héros ?
Je manquais de critères

Alors je me suis contentée
de ma pancarte
« petite-fille de résistants »
sans trop la lever non plus
sans en demander davantage
peut-être finalement par peur d'être déçue
d'avoir peut-être surestimé leur engagement
et peut-être parce qu'il était désormais trop tard
pour s'en soucier

Alors je m'en suis tenue
à ce que j'avais entendu
à ces mots qu'on ne nous cachait pas
déporté
les camps de concentration
Dachau/Kempten
le maquis
la toile de parachute cachée
les risques pris
la traque des miliciens jusqu'au travail de ma grand-mère
Ce n'était pas un sujet tabou
régulièrement même
j'entendais parler
des congrès auxquels mes grands-parents participaient
ceux des anciens combattants et des anciens déportés

mais ce n'était pas non plus
un sujet sur lequel on s'étendait
ce vrai sujet
celui de la guerre
comme ils l'avaient vécue
eux personnellement
Il y avait une certaine modestie
mais aussi une certaine retenue
certainement car on savait tous
dans cette famille
que cette histoire de Résistance
c'était aussi celle des camps
Difficile d'aborder les anecdotes
de cette période de Résistance
sans automatiquement penser
à celle des camps

Cet épisode sombre
de l'ordre du cauchemar
cet épisode de la déportation
était venu clore le chapitre
venu de tout son poids
écraser la période d'avant
celle de la vie de résistant
ne laissant plus aucune place

à cette vie de maquisard
pourtant riche de rencontres
d'engagement
d'espoir
de conviction
de déception
de niaque

L'épisode sombre de la déportation
avait pris la forme d'une couche de terre
bien épaisse
bien dense
bien lourde
venue recouvrir les autres couches
comme des couches stratigraphiques
qui se superposent
où chaque couche
ensevelit
cache
étouffe
les strates précédentes
on ne peut atteindre la tranche de vie d'avant
celle des années de Résistance
que si on creuse dans cette couche supérieure
celle des camps

et personne n'avait très envie
en tout cas pas moi
de la creuser cette couche
de la traverser
elle était trop sombre
cette couche
trop terrifiante
pour avoir envie de s'y aventurer

Une drôle de couleur... cette carte

Ta carte de déporté
celle qui officialise
ton statut d'ancien déporté
celle qui donne des dates précises
« interné du 20 juin 1944 au 27 juin 1944
déporté du 28 juin 1944 au 7 mai 1945 »
celle qui a été établie
11 ans après ton retour des camps !
celle qui t'a été « délivrée »
par le ministre des Anciens combattants
et victimes de la guerre
ta carte de déporté
elle est rose
un rose qui s'apparente à celui
de mon permis de conduire
un simple document administratif
au format d'une carte
qu'on glisse dans son portefeuille
qu'on garde toujours sur soi
comme une carte d'identité

Ça me fait un drôle d'effet
ça me paraît même
carrément inapproprié
presque insolent
ce choix de couleur
le rose
une couleur liée
au bonheur
à la tendresse
à la féminité
à la douceur
une couleur positive
optimiste
comme l'expression
Voir la vie en rose !

Pour le permis de conduire
ça peut coller
Qui n'est pas tout excité
d'obtenir cette carte rose
qui symbolise une bonne nouvelle
qui sonne comme une victoire ?
On l'a obtenu ce permis !
Mais pour une carte de déporté...
Sérieux !

Cette carte de déporté
elle atteste la souffrance
les heures sombres
elle aurait pu mériter
un peu plus d'attention
de la part de l'administration
on pourrait me rétorquer
ce n'est qu'un papier
l'administration a autre chose à faire
qu'à choisir une bonne couleur !
Peut-être
mais cette carte de déporté
était-ce trop demander
de ne pas la considérer
comme une simple formalité
de lui accorder un peu plus d'importance
et de ne pas utiliser
le premier papier
qui tombe sous la main
le papier
que l'administration a en stock
en assez grande quantité
car il a fallu en imprimer
un paquet
de cartes de déportés

Je ne dis pas qu'elle aurait dû être grise ou noire
cette carte
mais juste d'une autre couleur que ce rose

Et finalement
ce rose
peut-être n'est-il pas si mal choisi
il me rappelle en effet
celui d'un autre document
un document qui t'est cher
un document qui atteste lui aussi
ton histoire de déporté et de résistant
ce rose s'apparente beaucoup
curieusement
à celui de la couverture de ton cahier

Ton brouillon...
la suite de l'histoire

La suite de l'histoire /1

En fait
tu ne l'avais pas terminé ton cahier
Tu n'avais pas prévu
de mettre le point final
à ton arrivée dans les camps
comme le laisse suggérer
le dernier texte de tes *Souvenirs*

Tu l'avais pourtant écrit
dans la préface
comme si tu l'avais promis
que tu *irais* jusqu'en 1945

« Ce sont ces années-là
de 1938 à 1945
que je vais essayer de confier à ce petit cahier,
le plus fidèlement possible »

Ton arrivée à Dachau c'est seulement en 1944
le 2 juillet 1944
tu avais donc bien l'intention
d'en dire plus

de nous en dire plus
mais au moment
où tu prends ta plume
et qu'avec ta belle écriture
tu t'appliques
à coucher tes souvenirs
sur le papier de ce joli cahier
tu ne peux pas
aller plus loin
(ré)ouvrir la page terrifiante des camps
tu n'y arrives pas
comme si ce cahier
était trop propre
pour accueillir
toutes les choses horribles
que tu t'apprêtes
à poser là sur ce joli *« petit cahier »*
Peut-être est-ce d'ailleurs la raison
pour laquelle tu n'as pas daté ton cahier
tu ne l'avais pas terminé
pas de point final
pas de date finale

La suite de l'histoire
celle qui commence à la minute

où tu descends du train
elle existe en effet
tu la racontes
dans ce qu'on pourrait appeler
ton brouillon
ton premier jet
La suite de l'histoire
elle est là
sous mes yeux
tu l'as écrite
sur des feuilles
que ma mère, ta fille
a aussi retrouvées
en plus du cahier
et qu'elle m'a donc envoyées
par courrier
dans un second temps
comme des indices supplémentaires
apportés à une enquête
comme une preuve indispensable
au dénouement de l'histoire

Quinze pages
entièrement recouvertes
de lignes d'écriture continues

pas un espace inoccupé
pas une aération
pas un blanc
tu as gratté
gratté
sans t'arrêter
dans un rythme effréné
tu as eu envie de tout raconter
de ne rien cacher
tu n'y vas pas par quatre chemins
tu ne prends pas de détour
pas de pincette
tu dis les choses telles quelles
tu lâches ce que tu as sur le cœur
dans les tripes
dans la tête
tu dévoiles et détailles l'enfer que tu as vécu
comme si ce premier jet t'avait servi d'exutoire
comme si c'était l'étape obligatoire
pour pouvoir ensuite
passer à l'écriture plus posée
de ton cahier *Souvenirs*
que tu as alors pu aborder
avec plus de distance

Ce cahier apparaît comme une version
plus sobre
adoucie
épurée
retenue
de tes premières notes
tu as retiré tous les termes
qui te paraissent peu respectables
qui révéleraient trop
la haine et la colère
que tu as pu ressentir
comme si tu te l'interdisais
comme une sorte d'autocensure

Il paraît alors évident
que tu n'as pas pu ou pas su
comment t'y prendre
pour poursuivre l'écriture
de ton texte définitif
pour aller jusqu'au bout
du travail entrepris
pour ouvrir et clore
le dernier chapitre
celui de ta (sur)vie
dans les camps de la mort

Comment t'y prendre
pour maintenir ce niveau de retenue
ce recul nécessaire
que tu t'es imposé
dans la deuxième version de tes *Souvenirs*

Comment t'y prendre
pour trouver les bons mots
les peser tous un à un
trouver le bon compromis
réussir à traduire l'horreur des camps
sans heurter la sensibilité de ton lecteur
mais au risque d'édulcorer la réalité

Comment t'y prendre
pour expliquer *« le plus fidèlement possible »*
ton quotidien de déporté
sans brutaliser et choquer ton lecteur
mais au risque de lui cacher la vérité

Comment t'y prendre
pour réussir à te replonger dans ce passé
sans être obligé de ressasser
tes pires cauchemars

Comment t'y prendre
pour laisser des traces
afin que personne n'oublie
alors que tu essaies de les effacer de ta mémoire

Comment t'y prendre ?!
Cette question t'a paralysé
Impossible d'y répondre
de trouver les solutions
de reprendre ta plume
de trouver les bonnes figures de style
pour écrire cette dernière partie
alors que tu avais déjà tout écrit
dans tes premières notes

La suite de l'histoire /2

En découvrant
la suite de l'histoire
en lisant ces fameuses notes
que tu t'étais bien gardé de jeter
et qui heureusement ont été conservées
je ne vais pas te cacher
ma première impression
à chaud
la difficulté que j'ai eue
à encaisser
à absorber
à digérer
tout ça
ça...
ce « truc » horrible
indéfinissable
que tu as vécu
que tu as été obligé de subir
sans broncher
j'ai pris tout ça de plein fouet
Pas simple-simple d'imaginer son propre grand-père
vivre un tel calvaire

et là maintenant que faire
de toute cette matière abjecte
comment la traiter
comment la retranscrire
« le plus fidèlement possible »
comment m'y prendre à mon tour
pour poursuivre le travail que j'ai entrepris
moi aussi
pour transmettre à ma façon
ce que je retiens de ton histoire
comme un devoir de mémoire
comme un passage de témoin

Ma seconde impression
après coup
est plus légère
plus sereine
Finalement je suis heureuse
oui c'est le bon mot
je suis heureuse d'avoir pu lire
cette dernière partie
aussi éprouvante et terrifiante soit-elle
pas par voyeurisme malsain
mais pour cette sensation
de te connaître encore mieux

pour cette satisfaction
de pouvoir accueillir
ce que tu voulais nous confier
J'ai envie de te remercier
de ne pas avoir terminé ton cahier
et de nous avoir laissé la possibilité
de trouver tes brouillons
de nous confronter à la réalité
à ta réalité
te remercier
de t'être livré à nous
sans filtre

C'était ton vœu

En commençant l'écriture de ces textes
je ne savais pas encore
que j'étais en train
à ma façon
de répondre à ton souhait
à ton vœu
celui rédigé expressément
dans ton premier jet
dans une introduction intitulée
— cette fois en toutes lettres —
Préface

Ce vœu
on ne le retrouve pas
aussi bien exprimé dans ton cahier
on ne pouvait que le subodorer

Ce vœu
tu l'as en revanche clairement formulé
dans tes premières notes
dès les toutes premières lignes
tu l'as même clamé

clamé oui
comme un cri de révolte
un cri du cœur
tellement fort
qu'on ne peut qu'avoir envie
de l'exaucer
ce vœu
pour toi
et pour tous ceux
qui comme toi
comme Simone
ont voulu
résister
même si c'était
au péril de leur vie

« Je veux que, plus tard,
les descendants de ma famille sachent
quelle lutte continue et sournoise
nous avons menée pour libérer notre beau pays.
Je veux surtout que l'on sache
la vie terrible que nous avons vécue
dans les bagnes nazis »

Dachau Jour 1

Tu en as vécu
des journées
dans ce camp
plus de trois cents
si mes calculs sont bons
des journées interminables
qui se ressemblent toutes
et se renouvellent inlassablement
aussi terribles les unes que les autres
tu ne sais jamais si c'est la dernière
toute nouvelle journée qui commence
c'est du sursis
c'est du rab
une journée de plus
où tu es encore en vie
la dernière peut-être
tu ne sais pas
qui vivra verra

S'il y a une journée
qui sort un peu du lot
de cette routine pesante

c'est celle de ton arrivée
à Dachau
une journée d'accueil
bien spéciale
pour vous mettre dans le bain
si ce n'est dans le four
ce four crématoire
qui trône au milieu du camp
comme un totem maléfique
ce four vous l'avez tous en ligne de mire
ce n'est pas l'objectif à atteindre
mais bien plutôt celui à éviter
à tout prix
c'est l'endroit
vous le constatez
dès ce premier jour
dont personne ne revient

Pour cette journée d'accueil
bien particulière
à peine êtes-vous sortis de ces wagons
remplis à ras bord
sans eau sans nourriture
sans petit coin
sans rien

à peine êtes-vous débarqués
sur le quai
étourdis
mais voyant enfin la lumière du jour
respirant enfin un peu d'air
à peine réalisez-vous
malgré la tête qui tourne
que ce trop long trajet vient de s'achever
à peine êtes-vous arrivés
qu'on vous rassemble tous illico
sur une grande place
en plein soleil
Pas le droit au *sit in* ici
tout le monde debout
et interdiction de bouger

Dès ton entrée
à l'intérieur de cet immense camp
où sont déjà parquées des milliers de personnes
tu sais que ce voyage horrible
que vous venez d'endurer
n'est qu'un avant-goût
un tout petit avant-goût
de ce qui vous attend ici

En l'espace de quelques heures
tu vis les pires humiliations
et tu vois passer ton statut d'homme
à celui de rien
rien du tout

Sur cette grande place
vous êtes tous
nus
on vous a tous défroqués
sans rien vous laisser
aucun habit
aucun papier
aucune photo
aucun objet que vous pensiez garder avec vous
les alliances sont retirées
les chaînes dérobées
les chaussures enlevées
Vous n'avez strictement plus rien sur vous
pas le moindre indice de votre vie d'avant
Que pouvaient-ils vous ôter de plus
si ce n'est votre dignité
ça ne s'est donc pas arrêté là
« Mes cheveux tombèrent
et la tondeuse passa partout

ensuite, soi-disant pour désinfecter,
on nous passa les "parties" au grésil pur,
ce fut pendant un quart d'heure des brûlures atroces,
pas un ne se roula par terre.
La vie de bagnard commençait »
La tenue qu'on vous remet va avec
« on nous donna un costume
en fibre de bois
rayé blanc et bleu
comme aux criminels »
vous devenez des anonymes
vous êtes désormais réduits à votre matricule
fixé là sur votre veste
ou sur votre bras
à même la peau

Arrive la fin de cette première journée
on te montre
l'endroit
le block
dans lequel tu vas habiter
c'est-à-dire où tu vas être entassé
avec d'autres centaines
d'anonymes numérotés comme toi
À l'intérieur de ce block

des chambres
c'est un bien grand mot
pour de simples petits espaces délimités
et au sol
de simples paillasses
et comme vous êtes nombreux
dans ces blocks
chaque « chambre » d'environ 1,5 m^2
doit pouvoir accueillir
ou plutôt contenir
au moins cinq personnes
donc serrez-vous là-dedans
et ce sera une paillasse pour deux
à vous de vous contorsionner
pour que ça tienne

Pour faire régner l'ordre
vous pouvez compter
sur un chef de « chambre »
dont l'objet fétiche est le gourdin
une bonne masse qu'il ne lâche jamais
« il nous tapait dessus avec
pour un oui ou pour un non »
et sur un chef de block
qui a lui une préférence

*« pour le gummi, une matraque en caoutchouc
qu'il maniait avec dextérité »*

À peine un mois plut tôt
le 6 juin 1944
tu apprenais l'arrivée des alliés
sur le territoire français
et tu t'en réjouissais
tu étais tout excité
à l'idée de participer
encore un peu plus
à rendre la France libre
avec tes compatriotes résistants
de vaincre l'ennemi
de voir enfin arriver la fin de la guerre
Mais là aujourd'hui
ce 2 juillet 1944
c'est un tout autre programme
qui t'attend
Cette première journée
à Dachau
ne laisse aucun doute
elle marque ton arrivée
en enfer

La vie dans les camps de la mort

Pas une seconde ne s'écoule
à partir de ton arrivée à Dachau
sans qu'on te rappelle
que la mort est ici omniprésente
et qu'elle touche tout le monde
sans distinction aucune
la mort elle s'invite
comme ça
à chaque instant
de partout
comme si la vie d'un homme ne dépend plus ici
que d'un simple tirage au sort
celui auquel joue la mort
sans jamais s'en lasser
sans jamais faire la moindre petite pause
plouf-plouf-c'est toi qui mourras
ou pas
la prochaine fois ce sera peut-être toi
Elle te nargue la mort
elle est vicieuse
La mort joue avec toi
et avec tous ceux

qui ont le malheur d'arriver ici
et vous ça ne vous amuse pas du tout
ce petit jeu malsain

La partie
pour certains
s'arrête même
avant d'arriver
avant de franchir ce grand portail
et sa devise
Arbeit macht frei
qui marque l'entrée dans les camps
La mort les a touchés
avant même d'être débarqués de leur wagon
leur vie s'est arrêtée
pendant le trajet
ce trajet interminable
insupportable
invivable
et c'est sur un chariot
croulant sous le poids d'un tas de corps inertes
que certains l'ont passé ce grand portail
Pour eux l'épisode des camps s'est résumé
à une simple fumée
celle des fours crématoires

Ceux que ça amuse
ce jeu sordide
des camps de la mort
ce sont les SS
qui ne cessent
de vous rappeler
jour et nuit
qu'ils ont tout pouvoir sur vous
ils sont les maîtres du jeu
ils font tomber les pions
quand ça leur chante
sans respecter aucune règle
Les règles
rentre-toi bien ça dans ta petite tête
ce sont eux qui les fixent
mais ils les changent tout le temps
tu ne sais plus à laquelle te fier
Ils prennent un malin plaisir
à jouer avec les pions du plateau
vous n'êtes plus que ça ici
des pions
des numéros
qu'ils ne cessent d'accumuler
et de compter
pour vérifier que le troupeau

le bétail
vous n'êtes plus que ça ici
s'est bien rassemblé
à l'appel du geôlier
« Un SS venait matin et soir nous compter.
Malheur à ceux qui n'étaient pas bien alignés,
car le revolver couchait
ceux qui dépassaient légèrement du rang »

Leur plateau de jeu
ne cesse de se remplir
avec toujours plus de pions
qui arrivent par wagons
alors pourquoi se priver
dès que l'envie leur en prend
d'accélérer la partie
de l'arrêter
de la truquer
d'inventer
encore
et encore
de nouvelles règles
à ce jeu morbide
Et comme les pièces du jeu y en a
à plus savoir qu'en faire

ils peuvent même
s'autoriser
comme bon leur semble
à en retirer quelques-unes
là comme ça
juste pour se marrer
« Parfois ces brutes s'arrêtaient brusquement devant vous
et malheur à ceux qui détournaient les yeux
ou faisaient le moindre mouvement
ils étaient abattus »

Ah oui ce qui les amuse beaucoup aussi ces SS
c'est de vous faire jouer avec leurs chiens
pas les grosses boules de poils
qu'on a envie de caresser
non plutôt
la version hargneuse
« des chiens fortement excités par leurs maîtres »
qui vous encerclent
rodent autour de vous
aboient fort, très fort
montrent leurs crocs
qu'ils aiguisent sur des proies toutes désignées
vous les prisonniers
« des chiens énormes et féroces

qui étaient lâchés contre nous,
combien de mollets furent arrachés,
et même des membres broyés
par les mâchoires formidables de ces loups »

Ta vie ici ne tient qu'à un fil
tu essaies de t'y accrocher
de toutes tes forces
Le problème c'est que tu n'en as plus de force
tu ne dors plus
même quand tu arrives enfin à t'endormir
là dans le froid
avec les températures glaciales
de cet hiver 44
sur la petite paillasse
que vous devez occuper à plusieurs
la vermine s'invite elle aussi à la fête
et t'en empêche

Tu rentres de l'usine où chaque jour ils t'exploitent
« exténué,
titubant de fatigue,
rien dans l'estomac »
mais tu ne vas quand même pas finir ta journée comme ça
les SS eux ils ont encore envie de s'amuser

et souviens-toi
les pions avec lesquels ils adorent jouer
ce sont vous
alors « *presque tous les jours en rentrant*
il nous fallait faire des pas de gymnastique
ramper dans la boue ou la neige
parfois pendant une heure
combien tombaient n'ayant plus de force
il leur fallait se relever à grand renfort
de coups de pieds et rentrer en vitesse dans la baraque »
Et « *à tout cela s'ajoutait*
sans cesse croissante
la torture de la faim »
Tu ne manges plus
ou presque
non pas par manque d'appétit
loin de là
Tu crèves la dalle !
ce n'est pas juste une expression
c'est ton quotidien
Ici c'est menu unique
et c'est le même tous les jours
1 litre de bouillon de betterave le midi
et 150 grammes de pain le soir
du pain sec bien sûr

faut pas déconner
t'es qu'un prisonnier
un prisonnier qui se tape douze longues heures
de travail forcé tous les jours
mais ça ne compte pas ça
ça compte pour du beurre
du beurre si seulement...
un luxe impensable
tu ne sais même pas
si tu en reverras un jour la couleur

Au boulot, et que ça saute...

Vous êtes nombreux
très nombreux
dans ces camps de la mort
alors pourquoi se priver d'une main-d'œuvre
aussi importante
qui ne coûte rien
et qui est corvéable à merci
Les SS font donc leur sélection
parmi ceux qui peuvent encore leur être utiles
Ils ne cherchent pas les plus vaillants
il n'y en a plus ici
vous êtes tous en situation
d'épuisement physique et moral
ils sont d'ailleurs assez peu regardants
sur les capacités réelles des travailleurs
leur recrutement est simple
tant que tu tiens encore sur tes jambes
tu peux aller bosser

Tu es donc choisi
pour le travail forcé
sans avoir rien demandé

Au boulot !
Peut-être as-tu pensé l'espace d'un instant
que ce serait l'occasion de sortir un peu de ce camp
peut-être même aussi l'occasion d'envisager une évasion
de faire un peu de repérage
qui sait
Mais tu comprends très vite
qu'il ne faut même pas y penser
qu'aucun répit ne te sera accordé
et gare à ceux qui oseraient
ne serait-ce que par un haussement de sourcils
exprimer un simple mécontentement

En dix mois
tu as eu le temps
d'expérimenter deux boulots
très différents
pour lesquels tu n'as suivi aucune formation
et dont tu te serais bien passé

Ta première expérience professionnelle
la plus sensationnelle
celle qui fait monter ton taux d'adrénaline
en un temps record
n'est pas celle qu'ils ont initialement prévue pour toi

Normalement tu devais aller à l'usine
mais tu n'as pas encore passé la porte
que des avions alliés se mettent
à bombarder la ville
Ce sifflement et ce fort retentissement
des bombes lâchées par les avions
et leur impact sur les maisons
sur les habitants
peuvent être terrifiants
mais pour toi
c'est une lueur d'espoir
ça prédit forcément de bonnes nouvelles
pour les jours qui viennent
ça fait un mois déjà que tu es là
et tu y crois
bientôt vous serez en liberté

Bon ça ne se passe pas du tout comme ça
et dès le lendemain
ce n'est pas à l'usine qu'on t'envoie
mais sur le terrain
où sont tombées les bombes
elles n'ont pas toutes explosé
tu as donc été désigné pour
« arracher les quelques bombes non éclatées »

Cette nouvelle affectation ne t'emballe pas du tout
mais ton avis
autant te dire
qu'ils n'en ont rien à foutre
et là tu flippes vraiment
« J'avoue que nous avions tous un peu la frousse
car déjà beaucoup des nôtres étaient morts
et avaient sauté sur des bombes à retardement »
Ce premier travail a duré quinze jours
quinze jours à prier très fort
pour que ces bombes alliées
qui t'ont fait rêver
ne t'envoient pas au ciel
Vous en avez retiré une quarantaine
et tu ne sais par quel miracle
aucune d'entre elles n'a sauté
Mission terminée

Tu peux donc attaquer le boulot suivant
à l'usine
elle n'est pas tout près
mais c'est pourtant à pied
sous la surveillance sans faille des SS
que vous vous y rendez
malgré la fatigue

malgré le temps
et c'est au pas que vous devez marcher
mais c'est comme pour les règles
rien n'est clair
le rythme change tout le temps
et vous ne savez plus quel pas suivre
alors une nouvelle fois
« les coups de crosse pleuvent »
et si ça ne suffit pas
les molosses sont toujours là
prêts à attaquer
encouragés par leurs maîtres

La journée
vous n'êtes pas les seuls à travailler
il y a aussi des civils et des soldats allemands
qui viennent en renfort
et aussi des STO
et aussi...
« Quelle honte ! »
des Français volontaires, des miliciens
Plus il y a de monde mieux c'est
L'usine de Kempten est importante
pour l'Allemagne nazie
elle est spécialisée dans l'aéronautique

et plus précisément dans les avions en piqué
des avions de guerre très réputés
Les Américains gagnent du terrain
les sites allemands sont bombardés
il faut donc accélérer la cadence de cette usine
Toi
tu es *« affecté au bronzage et au chromage des différentes pièces*
qui servent à la fabrication d'un moteur pilote »

Vous êtes nombreux à travailler ici
mais vous n'êtes pas tous logés à la même enseigne
Tout ce qui est de l'ordre de la corvée
c'est pour vous, les déportés
« Que d'affronts à supporter ici
le plus sale travail était pour nous
il nous fallait souvent tremper les mains
dans l'acide sans gants de caoutchouc
(...)
Les acides et le chlore
ne sont pourtant pas très bons pour la santé
mais impossible de changer »

Les conditions de travail
des Allemands et des volontaires français
sont en effet bien différentes des vôtres

ça va du type de poste occupé
au nombre d'heures travaillées
au nombre de pauses autorisées
aux paroles échangées avec les collègues
et bien sûr
à la pause déjeuner
Eux sont nourris convenablement
tellement bien qu'ils ne mangent pas tout
« il y avait du pain moisi et abîmé partout »
comme pour vous narguer
vous qui crevez la dalle
Ils vous tentent bien ces déchets
ils rempliraient un peu vos estomacs vides
mais attention
pas touche !
Même moisi
ce pain n'est pas pour vous
vous n'y avez pas droit
Non mais vous vous croyez où
Souvenez-vous
vous êtes des déportés
donc rien
Un jour vous tentez quand même le coup
par une approche discrète
auprès des autres Français

ils sont certes venus pour aider l'ennemi
mais ils restent des Français
ils peuvent bien vous les donner ces restes de pain
mais
« ils ont renoncé et voulaient nous dénoncer aux SS
parce que nous causions avec eux
et cela nous était formellement interdit
ou alors gare à la Schlage »

Ici aussi vous vous faites donc encore frapper
Vous êtes tellement rien
aux yeux de tous ces travailleurs
qu'ils vous prennent même
pour de simples chiffons
« fréquemment, ayant les mains sales
ils venaient s'essuyer sur notre veste
dans le seul but de nous narguer.
Quelques-uns de mes camarades
qui avaient eu un mouvement de recul
ont fait connaissance avec le nerf de bœuf
Nous étions pour eux
de véritables esclaves »

Tu restes dans cette usine
toute la durée de ton « séjour » à Dachau

jusqu'à la Libération
« Combien de nos camarades n'ont pas pu attendre ce jour béni
le froid et la faim avaient raison des plus faibles
et tous les jours
nous avions à déplorer la mort de ces frères de misère »

Durant les derniers mois
qui précèdent le retour à la liberté des déportés
des mois qui te paraissent des années
tu continues de t'accrocher
à tout ce qui peut te faire espérer
à tout ce qui peut faire entrevoir le bout du tunnel
tu sais que la dure monotonie de vos journées
« c'est mortel pour les gens qui n'ont pas un moral bien solide »

Il faut encore tenir le coup
puiser le plus profond possible
l'énergie nécessaire
l'énergie vitale
une énergie revigorée
par tout signe révélateur de l'avancée des alliés
« notre seule joie était d'entendre sonner les alertes
et d'entendre bourdonner au-dessus de nos têtes
les avions alliés »

Le dernier jour

Avril 1945
les Américains approchent
de plus en plus
ils gagnent du terrain
ils sont là tout près
ça devient très compliqué
côté allemand
Avant qu'il ne soit trop tard
avant que ces Américains arrivent vraiment
les Allemands commencent
à évacuer une partie des camps
vers d'autres contrées
ils commencent
à se débarrasser
de ce trop grand nombre de prisonniers
et continuent d'exterminer
les déportés

Ce jour-là
c'est à ton tour
d'y passer
on te fait monter dans un camion

avec d'autres déportés
on vous emmène ailleurs
sans vous préciser la destination
mais ce chargement express
laisse augurer
de bien sombres issues
Ce chargement express
semble destiné
à la station Four crématoire
ou à toute autre station
ayant la même finalité

Tu dois avoir une sacrée petite étoile
au-dessus de la tête
pour que cette journée
censée être la dernière
prenne une tournure
bien différente

Tu entends un coup de feu
plusieurs
à l'avant du camion
là où se trouvent un chauffeur
un soldat allemand
sûrement un SS

et bien sûr
fidèle au poste
un de ces chiens
dressés pour vous niaquer
Aussi incroyable que cela puisse paraître
un Allemand a abattu
ceux de son camp
pour vous laisser partir
Ce qui a motivé son geste
tu ne le sais pas
la peur
un semblant d'humanité
un cas de conscience
qui sait
Plus tard les questions !
Ce n'est pas le moment de chercher les raisons
mais celui de vous échapper
le plus vite possible
Vous vous sauvez
vous prenez vos jambes à votre cou
vous ne savez même pas
comment vous arrivez
à courir aussi vite
mais vous courez
et vous glissez aussi

car le terrain est en pente
et il a plu
vous glissez
vous n'arrêtez pas de glisser
mais vous vous relevez
à chaque fois
et vous fuyez

C'est le dernier jour
pas le tien
mais celui de ta vie de déporté
Enfin !

Le retour à une vie (presque) normale

Cliché d'un retour à la vie normale
17 mai 1945

Au premier coup d'œil
rien ne laisse supposer
que cette photo noir et blanc de toi
a été prise très peu de temps seulement
après la Libération
après tes derniers jours
dans l'enfer des camps

Tu apparais au centre de l'image
dans un environnement urbain
le focus a été fait sur toi
tu as fière allure
tu te tiens droit
l'épaule légèrement appuyée
sur une fontaine en pierre
tu as revêtu un beau costume noir
pour l'occasion
tu as même sorti
la chemise rayée noir et blanc
la cravate blanche
et le chapeau noir

que tu as pris soin de déposer
délicatement sur ta tête
en l'inclinant juste ce qu'il faut
pour te donner ce petit air
cette allure de crooner
Tu adoptes un style chic et décontracté
les mains dans les poches
de ton pantalon
veste boutonnée
Y a rien à dire
tu as la grande classe
tu poses et tu l'assumes
tu regardes droit devant toi
tu fixes l'objectif
tu n'as d'yeux que pour elle
la personne qui tient l'appareil

Une seconde photo
vient compléter ce tableau
elle est quasi identique
à la première
même endroit
même décor
même date
même temps printanier

même composition
même cadrage
ou presque
celui-ci laisse davantage
entrevoir l'arrière-plan
on distingue sur l'immeuble
de l'autre côté de la rue
quelques lettres de l'enseigne d'un magasin
permettant de reconstituer facilement son nom
Aux Dames de France
une institution !
avenue Alsace-Lorraine
à Bourg-en-Bresse

Cette fois-ci
au centre de la photo
ce n'est pas toi
mais une jolie jeune femme
en robe estivale
Elle
a préféré s'asseoir sur le rebord de la fontaine
très élégamment
légèrement sur le côté
le buste et la tête tournés
vers toi

toi qui prends la photo
toi pour qui elle pose
toi à qui elle sourit
toi pour qui elle a ce petit air charmeur

C'est toi derrière l'appareil
aucun doute
tu es tellement focalisé
sur cette femme
sur Simone
ta fiancée
que tu n'as pas vu que ton ombre
très reconnaissable
à ta silhouette
avec costume et chapeau
envahit la photo
tu t'es glissé dans le cadre
comme si tu voulais qu'on te voie
avec celle qui va bientôt devenir ta femme
comme si tu ne pouvais plus être séparé d'elle
elle pour qui tu t'es tant inquiété
quand tu t'es fait arrêter
elle pour qui toutes tes pensées sont allées
quand tu t'es retrouvé dans ce wagon
direction les camps

elle qui aujourd'hui est si heureuse
ça se voit
elle a retrouvé celui
qu'elle aime
elle aussi s'est inquiétée
de n'avoir aucune nouvelle de toi
durant de si longs mois
depuis ton arrestation
une attente interminable
ne sachant plus
si elle pouvait encore espérer
te revoir un jour
en vie
elle doit d'ailleurs se demander
au moment même où elle est là
avec toi
en pleine séance photo
si elle ne rêve pas éveillée
si c'est bien la réalité

D'ailleurs c'est elle
c'est Simone
bien sûr
la photographe
pour qui tu poses

Elle aussi
on la reconnaît à son ombre
elle non plus
ne s'est pas aperçue
que le contour de sa silhouette
s'est invité juste à côté de toi
elle est bien trop concentrée
l'œil dans le viseur
sur le sujet central de sa composition
Elle te regarde
avec ses yeux d'amoureuse
elle se réjouit
d'immortaliser ce moment
un cliché
d'une vie normale
elle ne s'autorise à penser qu'à ça
à ce moment-là
ton retour
votre retour
à la vie normale

Et pourtant
à y regarder de plus près
cette photo nous laisse entrevoir
encore quelques traces de ton passé

ton passé tout récent
tu les caches bien sûr
du mieux que tu peux
sous ton chapeau
recouvrant ton crâne rasé
sous ton costume
dissimulant ton corps amaigri
ça ne fait pas illusion très longtemps
tellement ton pantalon est de toute évidence
bien trop large
tu flottes dedans
tu n'as pas encore eu le temps
de bien te remplumer
tu as quand même repris un peu de joues
mais retrouver une alimentation normale
ce n'est pas si simple
quand on a été privé pendant des mois
ton corps n'est plus habitué
à une nourriture en quantité suffisante
qui plus est variée
Aux pieds
tu as des chaussures bien abîmées
qui tranchent
alors que tu es tout endimanché
tu as pris ce que tu avais sous la main

pas encore eu le temps
ni les moyens
d'acheter de nouveaux souliers

Sur cette photo
ne nous voilons pas la face
on est loin d'une euphorie
de fin de guerre et de retrouvailles
Malgré les apparences
ton visage en dit long
N'est-ce pas lui que tu essaies
de cacher aussi avec ton chapeau
de peur qu'il parle trop ce visage
qu'on y lise trop facilement
des émotions
que tu n'as pas envie d'exprimer
un vécu
que tu n'as pas envie de raconter
pas là
pas maintenant
tu essaies d'attirer plutôt l'attention
sur ta posture
plus assurée
plus affirmée
plus rassurante

celle de celui qui a survécu à l'horreur
et qui compte bien profiter
de la vie normale
Rien d'arrogant
dans l'image que tu renvoies
plutôt une sorte de force tranquille
et le soulagement discret
d'une vie paisible
enfin retrouvée

Lettre à ton frère – 1

« Nous reparlerons de tout cela aux vacances »

21 juin 1945
premier jour de l'été
tu écris à ton frère
Pierre
celui qui faisait ses études de prêtre
quand toi tu avais 16 ans
et que tu travaillais avec votre père
pour l'aider à s'occuper de la famille
Tu réponds à son courrier
c'est le seul de tes quatre frères
que tu n'as pas encore revu
semble-t-il
depuis ton retour
Tu es chez tes parents
où il y a aussi Joseph qui se porte bien
tu as également pu voir
Jean et Louis
tes deux autres frères
qui étaient en perm'
ta mère est encore très affaiblie
très fatiguée

mais elle semble guérie
et tu es là maintenant
tu peux toi aussi
t'occuper d'elle
son état de santé s'améliore
tu t'en réjouis
tout le monde revit
depuis ton retour
« papa prend du ventre
et moi aussi »
Pierre tu le verras bientôt
c'est écrit au bas de ta lettre
« je termine en t'embrassant de tout cœur
et nous reparlerons de tout cela aux vacances »

« Tout cela »
c'est le sujet du courrier de ton frère
en attendant de te voir
c'est par écrit qu'il échange avec toi
Il en a des questions
à poser à ce grand frère
engagé
résistant
et déporté
ce grand frère

pour lequel il a prié
pour qu'il reste en vie
ce grand frère qui a survécu
à son passage en enfer
Il pressent que la foi
est une des choses
qui t'a fait tenir
alors il t'interroge
il a besoin de comprendre
de savoir

Tu lui réponds
mais c'est difficile pour toi
c'est un sujet très sensible
c'est encore tout récent
c'est encore brûlant
entêtant
« je vais essayer de te répondre
aussi bien que je puisse me souvenir
car là-bas nous avions la tête vide
et l'estomac aussi »
La foi tu as essayé de la garder
de t'y accrocher
quand tu étais à Dachau
Avec une petite poignée d'autres catholiques

vous faisiez chaque dimanche une prière
dans un coin du block
« au milieu même des communistes
et pas un ne nous a jamais dit un mot ni critiqués »
Tu as bien essayé également
chaque soir de faire une prière
« mais jamais je n'ai pu la faire comme il faut
je revoyais la prière faite après le repas chez nous
nous avions le ventre plein
et automatiquement devant mes yeux
dansaient des plats fumants de viande,
légumes et friandises »

Dans ce camp
beaucoup n'y croient plus
certains n'y ont jamais cru
à ce Dieu
tu as entendu beaucoup de reproches
le concernant
« souvent
et on aurait cru que c'était fait exprès
il pleuvait ou neigeait
juste à l'heure des rassemblements
ou de la sortie de l'usine
et sitôt rentrés

le temps se calmait
la seule réflexion entendue était alors celle-ci
"Dieu doit être nazi
et il nous en veut" »

Toi tu ne veux pas te laisser envahir
par le doute
ce n'est pas le moment
mais tu reconnais
que tu n'avais pas toujours
des pensées très catholiques là-bas
« j'étais loin de ce qu'on m'avait enseigné à l'église
je voulais
du moins j'aurais voulu
tuer tous ces fumiers de SS
tous ces miliciens qui nous avaient envoyés là-bas
où tant sont morts.
Là-bas j'étais plus français que chrétien
je l'avoue maintenant encore par moment
mon sang français bout à la vue de ce qui se passe
et je suis secoué par un esprit sanguinaire de révolution
mais vite chassé par la pensée de Dieu
car maintenant que rien ne manque
je peux mieux concentrer ma pensée sur ce Dieu
en qui j'ai toujours cru

je ne l'ai jamais oublié
mais ma volonté était trop affaiblie
pour réagir contre quoi que ce soit »

Cette lettre à Pierre
cette lettre très personnelle
où tu réponds à ses questions
sans hésitation
sans concession
sonne tout naturellement
sincèrement
comme une confidence à ce frère
comme une confession à ce prêtre

Lettre à ton frère – 2
La Saint-Pierre

Dans la famille
on a toujours eu l'habitude
de souhaiter les fêtes
À chaque membre de la famille
sont accolées deux dates
celle de sa naissance
et celle de sa fête
ou plus précisément
celle du saint
qui a le même prénom que lui
ou plutôt l'inverse

Environ un mois après ton retour des camps
tu es de nouveau disposé
à reprendre ce rituel
retrouver ces réflexes
refaire ces petites choses
qui attestent ton retour à une vie normale
Ce 27 juin 1945
tu as dû apprécier
de faire ce geste

prendre ta plume
sortir une feuille
pour tout naturellement
écrire à ton frère
une nouvelle fois
Dans deux jours
c'est sa fête
la Saint-Pierre
Une date
qui désormais ne se résumera plus
à un simple jour coché
dans le calendrier
pour y penser
Une date
qui désormais sera marquée
au fer rouge

« Je suis certain que ce 29 juin 1945
sera pour toi beaucoup plus beau
que le 29 de l'an passé
Et pour moi aussi
le jour de la Saint-Pierre 1944
sera pour toujours une drôle de date
que je n'oublierai jamais
En effet, c'est le 29

que les soi-disant Français
nous livraient à l'Allemagne nazie
c'est le 29
que les SS nous prenaient en main
et nous accompagnaient dans un des bagnes de chez eux
Ce jour-là
et tu m'en excuseras
je n'ai pas pensé à la Saint-Pierre
Je ne pensais à rien
et pourtant mille choses
me tournaient dans la tête
à une folle rapidité
Je voulais m'évader
Je pensais à vous tous
je pensais à mes camarades de la Résistance
je pensais surtout à ma fiancée
Tout cela tournait
tournait
et j'en étais abruti
c'était le 29 juin 1944 »

Photomaton 1967

Cette photo
ou plutôt ces photos
au nombre de quatre
les unes au-dessus des autres
une bande verticale de photos
quatre portraits de toi
pris dans un Photomaton
cette série de photos
je l'adore

Je n'ai aucune idée
du contexte dans lequel
ont été prises ces photos
des raisons pour lesquelles
tu as eu envie ce jour-là
de te faire tirer le portrait par cette machine
mais ce qui est sûr
vu la teneur des photos
c'est que tu ne l'as pas fait
pour une quelconque nécessité administrative
tu l'as fait pour le plaisir
ça semble t'avoir bien éclaté

de te retrouver tout seul
dans cette petite cabine
après avoir tiré le rideau
face à ce petit écran
attendant que les flashs
te donnent le signal
pour changer les expressions de ton visage
passer d'une grimace à une autre

Cette série de photos
me réjouit
elle me donne le sourire
je ne me lasse pas de la regarder
Te voir là comme ça
à 47 ans
te prendre au jeu
profiter de ce petit plaisir simple
un plaisir enfantin
Je te trouve très beau
sur ces photos
Ce que j'aime aussi dans ces portraits
c'est ce qui émane de toi
Une force tranquille et respectueuse
qui se dégage de ton visage
de ta posture

Un petit côté artiste
avec ton manteau sur les épaules
ta fidèle casquette sur la tête
ton foulard noué autour du cou
Une joie de vivre
pas exubérante mais très communicative
Un regard
à la fois intense et malicieux

Revoir une énième fois
ce tirage photo
m'amène subitement
à m'intéresser au Photomaton lui-même
et à tomber sur une information
qui me glace le sang

Je m'interrogeais juste sur le fait de savoir
si dans les années soixante
c'était monnaie courante en France
de rentrer dans cette petite cabine
pour se faire photographier
et surtout s'amuser à faire
avant l'heure
ces selfies qui deviendront plus tard
pour certains une pratique quasi quotidienne

Inventée en 1925 aux États-Unis
la cabine photographique arrive très vite sur l'hexagone
et dès 1936 l'entreprise Photomaton y est créée
les machines se multiplient alors
un peu partout
donnant petit à petit
l'habitude aux Français
d'utiliser ce dispositif
pour avoir leur portrait en plusieurs exemplaires

Mais ce que j'apprends
au détour d'articles sur cette invention
et sa commercialisation
me laisse pantoise
je n'en crois pas mes yeux

C'est un tout autre type de photos de toi
que nous aurions pu découvrir
grâce aux prouesses techniques et à la rapidité
de prise de vue et d'impression
des Photomaton
En pleine Seconde Guerre mondiale
l'entreprise en question
a proposé volontairement
dès 1941

ses services à l'occupant
vantant les mérites de sa marque
spécialisée dans la photo d'identité
pour tout simplement
prendre en main
l'activité qui pourrait grandement faciliter
le répertoriage des juifs arrivant dans les camps
et donc plus tard de tous les déportés je suppose

« Quelle honte ! »
c'est l'expression que tu aurais utilisée
si tu l'avais appris
c'est l'expression que tu as à la bouche
quand les bras t'en tombent
que la colère t'envahit
mais que tu te retiens
Cette entreprise qui pensait faire de bonnes affaires
avec l'Allemagne nazie
n'a pas été retenue
Pas de bol

Même cette jolie bande de photos
apparemment anecdotique
dont j'apprécie l'esthétique
et ce qu'elle dégage

nous montrant une facette de toi
plaisante
amusante
touchante
résiliente
me ramène à ton passé de déporté
Moi qui pensais terminer
avec une petite touche
de légèreté
une touche positive
me voilà de nouveau confrontée
à cette évidence
cet épisode des camps
que tu aimerais tellement oublier
mettre de côté
enfouir bien loin dans ta mémoire
restera collé à toi toute ta vie

Je n'ose imaginer
le nombre d'occasions
de situations
de petites choses du quotidien
apparemment insignifiantes
qui ont dû à toi aussi rappeler
régulièrement

subrepticement
ton passé de déporté
qui ont dû raviver les blessures
rouvrir les plaies
même quand tu ne t'y attendais pas

En 1945
pas de cellules psychologiques
pour accompagner un tant soit peu
le retour à la vie normale
de tous ces déportés
ils ont dû, comme toi, vivre avec
vivre avec cette expérience traumatisante
et faire bonne figure
car vous
les survivants
vous étiez encore
en vie
et ça
a priori
ça n'a pas de prix

Annexes

Hippolyte — 17 mai 1945

Simone — 17 mai 1945

Hippolyte — Photomaton, 1967

En dehors de ses écrits personnels, on retrouve d'autres traces encore visibles aujourd'hui de la vie de maquisard et de déporté d'Hippolyte...

Dans une forêt
La cabane du maquis qu'il a construite avec ses camarades résistants se situe à Ceyzériat (dans l'Ain). Elle est identifiée comme lieu de mémoire et fait l'objet d'une halte avec un panneau explicatif sur un circuit pédestre. On parle d'ailleurs communément du « sentier de la cabane du maquis ».

Dans un livre
Déporté à Dachau en même temps que Louis Terrenoire, ils s'y sont côtoyés et soutenus. Lorsque Louis Terrenoire a entamé la rédaction de son livre sur la solidarité à l'intérieur des camps de la mort, il s'est entretenu avec ceux qui avaient partagé avec lui ce lourd passé. Les souvenirs et le témoignage d'Hippolyte sont donc également venus nourrir cet ouvrage.
Louis Terrenoire. *Sursitaires de la mort lente. Chrétiens et communistes organisent une opération-survie dans un camp nazi*. Paris : Éditions Seghers, 1976.

Table des matières

Et si on l'écrivait cette histoire 9

JE ME SOUVIENS 19
    Ainsi va la vie 21
    Le petit ruban rouge sur ta boutonnière 23
    Une suite de chiffres 27

TON CAHIER *SOUVENIRS* 33
    La date manquante 35
    Nommer sans nommer 45

Jour pour jour 51
Les dates, les faits comme
des repères biographiques et historiques 53
Sur la couverture 63
18 ans et 1 mois 69
Une histoire ensevelie 81
Une drôle de couleur… cette carte 89

TON BROUILLON
LA SUITE DE L'HISTOIRE 93

La suite de l'histoire /1 95
La suite de l'histoire /2 103
C'était ton vœu 107
Dachau Jour 1 109
La vie dans les camps de la mort 117
Au boulot, et que ça saute… 125
Le dernier jour 135

**LE RETOUR À UNE VIE
(PRESQUE) NORMALE** **139**

   Cliché d'un retour à la vie normale
   17 mai 1945 141

   Lettre à ton frère – 1
      « Nous reparlerons de tout cela aux vacances » 151

   Lettre à ton frère – 2
      La Saint-Pierre 157

   Photomaton 1967 161

ANNEXES **169**

Achevé d'imprimer en novembre 2022 par

139 rue Rateau
93120 La Courneuve

Numéro d'impression : 2022110084
Imprimé en France